句集

遊戯の遠景

Yugi-no-Enkei

Shigenori Minezaki

峰崎成規

角川書店

句集　遊戯の遠景／目次

装幀　間村俊一
カバー画　ジョルジュ・デ・キリコ「午後の魅惑」
SIAE, Roma & JASPAR, Tokyo, 2024
x0289
画像提供　サイネットフォト

句集　遊戯の遠景

記憶の森　２０１６－２０１８

45句

去年今年軽重問はず背負ふもの

若水へまるごと変はる水の星

芯と芯持論譲らぬ喧嘩独楽

実印にわづかな擦れ余寒なほ

濁世見し白魚眼のみ澄みきらず

北辰の一途をほぐす朧の夜

春一番叩けど起きぬシャッター街

せつかちをいささか照れて地虫出づ

母と子はいつしか離れ土筆摘む

春塵や軋む古書肆の自動ドア

春風を摑まへに行くすべり台

果つるまでうつつ張りつくしやぼん玉

陽炎や直線の街退屈で

万愚節男の嘘は眼が泳ぐ

残花なほ競ふ残花のありにけり

かつ丼にカロリー表示荷風の忌

残る鴨言訳少しあるやうな
前向きがつねに身上吹流し

喧噪の芯に一筋祭笛

万象の始め滴り水の星

遠雷や不安はいつも先回り

猫が知る風の抜け道夏座敷

新涼や珈琲の香は垂直に

無月よし隅田川に灯影濃かりけり

霧底の霧膨らます対向車

腸に世過ぎの苦味秋刀魚食ふ

星流る宇宙の無限ちと倦みて
落花生同床異夢てふ仲もあり

真つ新な影に会はむと障子貼る

闇なくば銀河も詩も耀かず

次ページを待てぬ指先秋灯下

山の気を一気に捉へ鷹渡る

木の実落つ記憶の森に獣道

宮参り泣いて眠りて枇杷の花

ご祝儀は粋の端くれ一の酉

歯並びと笑ひが家系花八手

木枯や刻一刻と星を研ぎ

地下街は明るき奈落落葉入る

湯豆腐に意思あるやうな浮き沈み

一輪で風押し返す冬薔薇

シャンパンに星次々と湧く聖夜

来し方を捨てつ拾ひつ除夜の鐘

冬旱風の音積むローム層

地球やや円周伸ばす霜柱

光陰の去り行く姿冬銀河

ラビリンス　2019

34句

正月の正の字画に曲がりなし

海朧進化おぼろの深海魚

穴出づる蟻に無休の覚悟あり

今朝の雨芽吹きが芽吹き急き立てて

一閃に電気の匂ひ春の雷

吾が書架は心の軌跡春の行く

文字摺草ねぢれねぢれて花を足す

喧嘩してひとり帰る子麦の秋

草の端の雫を燃やす蛍の火

水中花昭和の底に純喫茶

スカイツリー虹を束の間光背に
うきぐさや群れ成し群れに苛まれ

ミステリー紙魚終章で走り逃ぐ

揚花火閉づる間のなき万の口

捨印の有効ありや敗戦忌

流灯や現世切れぬ長き水脈

梨の名に水の名多し水の星

針はづし少年鯊に胸を張る

灯火親しルルビが引き寄す天眼鏡

清濁を併せ呑みつつ鮎落つる

走り蕎麦店主早口歯切れよし

少年の目に戻る日の鰯雲

秋思いま明日へ溶け出す二十四時

行く秋や古地図に眠る江戸の堀

誰一人老いは語らず新酒酌む

母の手を解き二拍手七五三

凩の裾からあまた星こぼれ

落葉踏む五感にはかに獣めき

無言とは時には威嚇大海鼠

人は彼をどこまで憂ふ冬の蠅

炬燵には確かな座順三世代

柚子湯して浮かび来る顔かすむ顔

風邪籠り捨つる時間と得る時間

ラビリンス都市に暗渠の冬の川

三尺寝　2020

42句

去年今年時間一縷に継ぎ目なし
地下鉄はソーシャルネット嫁が君

福笑顔をはみ出す減らず口

絵馬すでに合格競ふ初天神

干鱈さく無骨を許す人と酌み

薄氷や言葉ひとつで入る罅

納税期扶養にしたき猫二匹

強風は声明一畝の葱坊主

人もまた季《とき》に攫はれ花吹雪

休校の百葉箱へ花の雨

真っ先に青き風船空が呑む

言の葉に表裏軽重春愁

漏刻祭低きを恋ふる水の性

かんばせの見えぬ闇こそ薔薇競ふ

緑青の息吹き返す梅雨入かな

明易しまだ読み切れぬ「夜明け前」

飛行機雲きちり空裁ち梅雨明くる

鮎走る早瀬で攫ふ日のひかり

中心は孤独な居場所女郎蜘蛛

爪先の待ちくたびれし祭足袋

炎昼の隠れ里めく水族館

強面の寝顔崩るる三尺寝

隠すより誘ふが本音麻暖簾

雑談に本音の混じるかき氷

鰻重を待つ間の至福酒一合

捕虫網夜気を攫ひて凱旋す

黙禱の背に声明蟬しぐれ

橋越せば昔色町枯紫陽花

銀漢の底の漆黒原始林

裏方に徹せぬ古老在祭

そぞろ寒無頼追ひ遣るデジタル化

残る虫始発電車に夜の顔

嫌はるるも身過ぎのひとつ穴惑

残照をなほ留めむと蔦紅葉

奪衣婆の浮き立つ肋冷まじや

紅葉且つ散る尻ポケットにスキットル

山茶花や咲きつなぎつつ零れつつ

木枯を回転ドアで振り払ふ

伸びてすぐ消ゆる午後の日冬木影

着膨れや嘘はひたすら包むもの

風花の一片ほどの一会あり

コーデュロイ膝の膨れて春を待つ

ゴジラの心地　2021

59
句

髭剃りのあと持て余す初鏡

足下に気づく仕合せ福寿草

薄氷の縁はかそけき生命線

紅き根は土の愛情菠薐草

奔放が風の本心春一番

方程式解置き去りに卒業す

春の雪母音のやうに耳に触れ

春満月浅瀬に命沸きたてり

日時計の時の切つ先風光る

春眠の枕の凹み夢の跡

春泥へまろぶ球児と白球と

ウィンウィンの胡散臭さや亀鳴けり

河口まで晴着は解かず花筏
ひとひらの花で閉ぢたる文庫本

水平の菜の花空の喫水線

畝脱くる不良願望葱坊主

この風に二度とは乗れず飛花落花

村いくつ市の名に呑まれ麦の秋

黴匂ふ記憶の襞にある湿り
時の日や海の鼓動を人は抱き

青嵐野心の芯にひそむ青

病棟の静謐包む夏木立

薫風へ部屋の隅まで明け渡し

口奥にさらに口ある燕の子

梅雨明や麒麟の首の大回し

うきくさや昭和が変へし川の貌

狛犬の阿も口閉ざす大夕立

天辺に初志の熱噴く雲の峰

長廊下柾目素足を正しうす

時化の夜へ白紙委任を書く海月

水羊羹をとこ弱音の見え隠れ

風鈴や遊び心の風を待ち

弱虫を武将に変へる捕虫網

盆踊り輪に入り難し抜け難し

秋簾風の模様を変へにけり

高潮に克つが郷土史鹽の町

投げ釣りの届かぬ先の鰯雲

地下鉄で行ける故郷梨熟るる

空の青色濃く残し燕去ぬ

小鳥来る真昼に本を読む暮し

源流の爽気離さぬ川の風

流星や一度で切れる着信音

日時計は秒分要らず秋うらら

蔵書てふ二度読まぬ本秋ともし

日本に最果ていくつ鳥渡る

木枯一号耳たぶ二つ疑はず

三角ベース枯野の角に暮れ残り

夕空に寄す波幾重雁の棹

庭焚火芯燃え尽きぬ手紙束

冬帝の揺るがぬ玉座高気圧

電飾の真中で聖夜見失ふ

出会ひより別れ数ふる年の暮

地の人とやうやく言はれ晦日蕎麦

葉牡丹や円周率に果ては無く

遠く聞く人の仕合せ竈猫

風と生き風が葬る冬の蝶

鴨の陣風の陣との睨み合ひ

街を踏むゴジラの心地霜柱

橋の名はやがて町の名春隣

《神輿の町》　２０２１

20句

《神輿の町》

春立つや木地師木を選る指の腹

浅蜊汁飯とかつ込み朝を急く

春雷や彫師の鑿に龍の浮く

宮薙や紙垂あらためて風あらた

船渡御の龍の舳先が川を割る

蔵跡の西日ぢりぢり鹽の町

潮焼の皺は強面土地ことば

神棚へ晒託して祭待つ

悶着を重ね重ねて宵祭
天へ地へ差し擦る放る荒神輿

咆哮す宮入拒む荒神輿

祭笛尽きて小若は母の胸

御霊返し神輿巨体の息を抜く

潮入に町挟まれて鯊日和

虫すだく屋号息づく旧街道

数へ日や鏨打つ音に乱れなし

三が日鎊師謝する座り胼胝

匠とて名を残さざる冬銀河

大寒の底で座職の煮る膠

塗師の箆光均して春隣

等身大　２０２２

70
句

些事大事角なく収め鏡餅

湧水のひかり脈打ち春兆す

余寒なほ億のマスクに二億の眼

ドヤ顔も負け顔もゐて猫の恋

競る馬のみな尾は流れ風光る

春昼やほぼ眠るため暮らす猫

密談に蛤口を閉ぢしまま

ふらここの下に浮雲にはたづみ

天井に疲れて眠るガス風船
逃水を追ひ越すやうなせつかちで

日本中桜の波に船酔ひす

来し方は美談のままに桜散る

海市立つ足裏に軋む砂の音
紐解けて黒き団結蝌蚪の国

束ねたる書は知の地層春惜しむ

リーダーの専制知らぬ蝌蚪の国

窓占むる朝日と猫とヒヤシンス

持ち時間問はるるやうに花は葉に

風無くば家族寄り添ふ鯉幟

来客は子供の子供こどもの日

ドローンの悲しき行方麦の秋

段ボール積まるる新居梅雨晴間

どくだみの実効支配国旗めく

ほうたるの羽ばたく音を闇が吸ひ

虹を見し眼そのまま持ち帰る

蜘蛛の囲を抜くる風あり電波あり

遠蛙部屋着で通す日の増えて

火取虫快楽に焦がれゐたりけり

森閑をなほも深むる夜の滝

孑孑の明日飛ぶためのストレッチ

夏雲の沸騰めくや水平線

瑠璃蜥蜴ジュラ紀のままの身の湿り

血の滾りかすかに残り端居かな

海開き四駆の轍消してより

一口の白湯の旨さよ夜の秋

地を出でて黄泉へゆく蟬経三昧

揚花火雲の容姿を彩りぬ

五欲抜け今空蟬に朝日透く

別るるも会ふも合掌蓮の花

七夕竹恋の直訴に揺れ重く

新涼や等身大は生きやすし

躓いて忘れ物知る厄日かな

墓越しに齢訊ぬる秋彼岸

縄文の円居の炉跡豊の秋

酒蔵の裏ひかへめに銀木犀

生れ消ゆ露の輪廻の水の星

白樺の帷で生る朝の霧

新米の艶に窺ふ水加減

釣果より孤舟に浸る鯊日和

補陀落へ秋津ためらふ汀線

芋の露おのおの抱く同じ天

釣瓶落しタワーを夜が駆け上る

タンシチュー待つ間のワイン冬近し

紅葉且つ散り夕映えを敷きつつむる

福耳で聞き合ふ羅漢小六月

星磨くため凩の吹き止まず

義士の日の三河吉良町吉良鼬鼠

歳の市藁の匂ひを買ひにけり

煤逃やちよいとと言うて日の暮れて

眼鏡掛け眼鏡を探すレノンの忌

地下出口また間違へる開戦日

降るほどに白き翳積む夜の雪

冬夕焼仁王の腕の朱を増せり

渓流の音細うして山眠る

台本の要らぬ余生や日向ぼこ

短日や江戸天婦羅のきつね色

焚火の輪無口の背を火の前に

熱燗酌む敬称略の半世紀

陰にまだ無頼の吹雪居座れり

とんと見ぬ子供の使ひ日脚伸ぶ

野火走る　２０２３

高度一万初日乗せたる一番機

初御空ビル稜線は伸び盛り

まだ座席譲られまいぞ初電車

伏流水湧き出す彼方春動く

峡奥の大字小字桃芽吹く

怒濤はや忘れきつたる春の海

囀に誘ひ出さるる朝日かな

五百羅漢伸びするやうな春の風

菜の花に染まり蛇行す水の音

歳月を奪ひ去らむと野火走る

マラソンのゼッケン五桁風光る

残る鴨臆病といふ生きる術

核心の話を逸らし桜餅

拭ふことできぬ地蔵に花の雨

ドアフォンに返る声なし春の暮

黒潮は太き助走路初鰹

無為といふ時の贅沢新樹光

麦秋をたつぷり走る赤字線

梅雨しとど滲む梵字の捨て卒塔婆

時の日や悲喜に時間の遅速あり

神田三社了へて鳥越梅雨に入る

多数決性に合はぬと蟾の声

梅雨冷や独りが集ふ映画館

蠛蠓《まくなぎ》を抜くる直球抜く打球

甚平はちよいと余所行き客を待つ

かはほりや夕暮れ千々にほつれさせ

日雷手斧の梁を息づかす

滝壺出で水は己を取り戻す

滑走路とことん洗ひ梅雨明くる

太陽の過ぎたる慈愛草いきれ

地下出口自首するやうに炎昼へ

ビル群の剣山に盛る大西日

花火果つ夜はひたひたと地へ戻る

ゼロにある一生む力敗戦忌

太き字の太き願ひや星まつり

売り言葉買はぬと誓ふ敗戦忌

晩学を悔いず焦らず秋の蟬

鮎落ちて瀬音かすかに入れ替はる

星飛ぶや言うて忘るる軽き嘘

天蚕糸より眠気手繰らる鯊日和

銀河の端コンビナートの灯に溶くる

蜻蛉の尾いのちの明日を水に打つ

ブラック二杯秋思しづかに腑に落つる

人類はみんな遠縁草の花

薄野へそのまま呑まるる引込線

夕映えは影湧くところ雁の棹

全山の点火託さる七かまど

行く秋や職で町割る城下町

パクチー別盛り南国のクリスマス

本紙より厚き折込み年つまる

己が吾へ始末書いくつ年の夜

滝凍つる水に背筋の現はるる

戦死者の数の棒読み冬銀河

鳴き龍の半音高き寒旱

臍の緒も渡世の悲喜も無き海鼠

飢ゑ戦知らぬ果報や冬日向

全山は風の音のみ滝凍つる

百年の老舗硝子戸冬日曲ぐ

神輿庫の太き閂冬ざるる

篦先に息凝らす塗師寒の底

句集　遊戯の遠景　畢

あとがき

『句集　遊戯の遠景』は『銀河の一滴』に続く第二句集です。平成二十八年から令和五年までの三百三十句を収めました。

　第一句集は、俳句に初めて出会い、我武者羅に句作に挑戦してきた足跡でした。この第二句集はその後の八年間を綴ったもので、コロナ禍で困難を極めた海外工場運営や、生まれ育ちの地・行徳の地域活動に力を入れてきた時期でもありました。仕事では躍進著しいアジアの国々の多くの人々と触れ合い、地元では母の生家の旧浅子神輿店（浅子周慶として代々続いてきた仏師でしたが後継者が絶えたことで閉店、店舗は国の有形文化財に登録）を、市川市からの依頼で祭や神輿などの展示を通し行徳の歴史・文化を伝える資料館「市川市行徳ふれあい伝承館」として開設するための作業に奔走し、そして地元の伝統ある祭礼《神輿の町》として本句集に二十句掲載）やまちづくりに周囲の老若男女とともに力を合わせて活動した歳月でもありました。

　この句集は、眼前に確固として存在する対象物を描写した句作りではなく、逆にそれを見詰めている自分の視点（心）の在りどころ、揺れどころを見つけるために詠み続けた行跡です。常夏の工場での仕事中も、地元の華やかな祭礼を仕切っている最中でも、夢中になっている当事者である私と、同時にそれをパースペクティブに見詰めているもう一人の私がいるのです。揺れ動く私の視点から見詰めた数多くの風景を『遊戯の遠景』として一冊の句集に纏めてみました。

第二句集の刊行にあたり、私の俳句作りの初学から現在に至るまで親身にご指導いただきました能村研三「沖」主宰に心より感謝いたしますとともに、素晴らしい帯文を添えていただきましたことに厚く御礼申し上げます。また上梓にあたりまして、ご多忙の中、角川文化振興財団をご紹介いただきました森岡正作「沖」副主宰には深く感謝申し上げます。最後に、この句集の構成・編集にあたりまして、角川『俳句』編集長石川一郎様、古田紀子様、ならびに装幀制作の間村俊一様には一方ならぬお骨折りをいただきました。ここに厚く御礼を申し上げます。

令和六年　初夏

峰崎　成規

著者略歴

峰崎成規（みねざき しげのり）

昭和二十三年九月　生まれ
平成二十四年「沖」入会
平成二十五年　第二十七回千葉県俳句作家協会新人賞受賞
平成二十六年「沖」新人奨励賞受賞、「沖」同人
平成二十八年　第十六回　手児奈文学賞受賞
平成二十八年　句集『銀河の一滴』上梓
平成二十九年「沖」珊瑚賞受賞
令和三年　「沖」五十周年記念俳句コンクール第一位
令和四年　「沖」同人会幹事長

俳人協会幹事
行徳新聞・いちかわ新聞　選者

句集　**遊戯の遠景** ゆうぎのえんけい

初版発行　2024年9月20日

著　者　峰崎成規
発行者　石川一郎
発　行　公益財団法人 角川文化振興財団
〒102-0071 東京都千代田区富士見1-12-15
電話 050-1742-0634
https://www.kadokawa-zaidan.or.jp/
印刷製本　中央精版印刷株式会社

ISBN978-4-04-884621-9 C0092